ありさちゃんとまほうのグランドピアノ

作＝森川 ひろ子　絵＝おくだ えみこ

文芸社

ありさちゃんは　8才《さい》の女《おんな》の子《こ》。いつもは　元気《げんき》いっぱいのありさちゃん。きょうは　なんだか　元気《げんき》がありません……。

お母《かあ》さんも　しんぱいしています。

「ありさ、どうしたの？　そんなかおして。あしたは　ピアノのコンクールだっていうのに……」

そうなんです！　ありさちゃんは　5才《さい》のときから　ピアノをならっていて、あしたは　生《う》まれてはじめての『ピアノのコンクール』なのです。

はっぴょう会《かい》のときは　合格《ごうかく》や　不合格《ふごうかく》がないから　たのしく　ひけたけど……。

　こんどは　コンクール！！
（うまく　ひけなかったらどうしよう。
よせんでおちたら　かっこわるいな…）
　わるいことばかり　かんがえて
すっかり　元気《げんき》をなくしていました。

「ありさ　もう　ねなさい」
　お母《かあ》さんに　言《い》われて
ありさちゃんは　ベッドに入《はい》りましたが、
あしたのコンクールのことが気《き》になって
なかなか　ねむれません。

そのころ……。

あしたの　コンクール会場《かいじょう》の　ステージのすみっこでは
大《おお》きくてりっぱな　グランドピアノが、カバーをかけられて
ひとりさびしそうに　ポツンとたたずんでいました。
グランドピアノは、にぎやかなところがだいすき。

だから　だれもいない　夜《よる》のホールは、くらくて　さむくて
しずかすぎて……きらいなのです。
でも　あしたは　コンクール！
しかも　小《ちい》さな子《こ》どもたちが　ひきにきてくれるのですから、
今《いま》から　わくわくしていました。

（どんな子《こ》に　会《あ》えるのかな。小《ちい》さな手《て》で　どんな曲《きょく》を
ひいてくれるのかな。はやく　会《あ》いたいな……）
　グランドピアノは　はやる気《き》もちを　おさえきれずに、

『ポロロン……』

　と　ほんの少《すこ》しだけ　自分《じぶん》で　音《おと》をかなでてみました。
しずまりかえった　夜《よる》のホールに　ピアノのかすかな
音《おと》が　ひびきわたりました。

コンクールの当日《とうじつ》――。

ありさちゃんは　お母《かあ》さんがよういしてくれた　ステキな
ワンピースをきて、かみの毛《け》にリボンを　むすんでもらいました。
そして　お父《とう》さんのうんてんする車《くるま》で　ドキドキしながら
コンクール会場《かいじょう》へ　むかいました。
グランドピアノは　ステージのまん中《なか》に　出《だ》されていて
もう　すっかりじゅんびが　ととのっています。

プログラムが　くばられると、ありさちゃんの出番《でばん》は
１番《ばん》さいごの　20番目《ばんめ》でした。

お友《とも》だちが　えんそうをしている間《あいだ》　ありさちゃんは
きちんとすわって　聞《き》いていました。
そして　こう思《おも》っていました。
（みんな　上手《じょうず》だな……。でも　わたしだって　あんなに
がんばって　れんしゅうしたんだもの。　ぜったい合格《ごうかく》よ！）

そして　とうとう　ありさちゃんの番《ばん》が　やってきました。
ありさちゃんは　ステージに出《で》ていくと、ていねいに
おじぎをしました。むねはドキドキ……。足《あし》はガクガク……。
それでも　ありさちゃんは、おちついて　ゆっくりと
ピアノのまえにすわり　えんそうをはじめました。

出《で》だしは　うまく　いきました。
（これなら　合格《ごうかく》できそう！）
そう　思《おも》ったときです。しんじられない　ふしぎなことが
おこりました。グランドピアノのけんばんの　すぐ上《うえ》のところに
パッチリと目《め》があいて、ありさちゃんを　みつめているのです。
そして　なんと　えんそう中《ちゅう》のありさちゃんに
話《はな》しかけてきたのです！

「やぁ　こんにちは！」

ありさちゃんは　はじめ　気《き》のせいだと思《おも》って　知《し》らんかおをしていました。でも……。

「名《な》まえは　なんていうの？」

「小《ちい》さくて　かわいい手《て》だね」

グランドピアノは　つぎつぎに話《はな》しかけてきます。ありさちゃんは、もう少《すこ》しで　えんそうを　ちゅうだんしてしまいそうになりました。でも　今《いま》ちゅうだんしたら　まちがいなく不合格《ふごうかく》です。

こうなったら、えんそうしながら　小《ちい》さな声《こえ》で話《はな》すしか　ありません。

まわりに　気《き》づかれないように！

「あなたは　だぁれ？　なぜ　わたしに話《はな》しかけてくるの？」
　すると　グランドピアノは
「ぼくは　まほうの　グランドピアノさ！」と答《こた》えました。
　そして　「この曲《きょく》　とってもいい曲《きょく》だねぇ　ルルル……」
　と　気《き》もちよさそうに　目《め》をほそめたではありませんか！
「まぁ　おどろいた！　ピアノって　お話《はなし》できるの？　それに目《め》をほそめたりして　おかしいわ！」
　ありさちゃんが言《い》うと

「ああ　ピアノだって　よろこんだり　かなしんだりするしお話《はなし》だって　するんだよ」
　まほうのグランドピアノは　とくいそうに答《こた》えました。

でも　ありさちゃんは　こまったかお……。

「それはわかったけど　わたし　今《いま》コンクールの　えんそう中《ちゅう》なの。しずかに　していてくれない？」と　言《い》いました。

でも　まほうのグランドピアノは　話《はな》しかけることをやめません。

「だって　今日《きょう》　ぼくの声《こえ》に　気《き》づいてくれたのは

１番《ばん》さいごの　キミだけだった」

「えっ？　ほかの人《ひと》たちにも　話《はな》しかけていたの？」

ありさちゃんは　自分《じぶん》だけが　まほうのグランドピアノに話《はな》しかけられていると　思《おも》いこんでいたので、あんまりおどろいて音《おと》を　まちがえそうになりました。でも今《いま》は　コンクールのえんそう中《ちゅう》です。

ぐっとこらえて　なんとか最後《さいご》までまちがえずに　すみました。

「ぼくは　みんなにも同《おな》じように　ずっと　話《はな》しかけていたよ。
でも　だれも気《き》づいてくれなくて……。
もう　ダメかと　思《おも》っていたんだ。
それなのに　さいごのキミだけは　ぼくの声《こえ》に　気《き》づいてくれた！！　だからぼくは　もう本当《ほんとう》に　うれしくて　うれしくて！！
ワクワクするんだ！」

そう言《い》うと　まほうのグランドピアノは
うれしさのあまり　この曲《きょく》にはない音《おと》を
『ポロロロン♪』
と　つい　ならして　しまったのです。

ありさちゃんは　びっくり！！

「そんな音《おと》　この曲《きょく》にはないのよ！　もー　しずかにしていて！」

と　おこったように　言《い》いました。

するとまほうのグランドピアノは　あっという間《ま》にもとのピアノに　もどってしまいました。けんばんの　すぐ上《うえ》のパッチリした目《め》も　もうありません。

（どうなってるの？？？）

ありさちゃんは　首《くび》をかしげましたが　なんとか　ぶじにえんそうを　終《お》えることができました。

そして　もとのせきにもどると

（みんなには　しっぱいしたと　思《おも》われているんだろうな……。

くやしいな）と　思《おも》いました。

しんさいんの先生《せんせい》たちも　けわしそうな　かおをしています。

でも　ピアノに話《はな》しかけられて　えんそうを　じゃまされた

なんて、だれにも　しんじてもらえそうにありません。

だから　このことは　だれにも　言《い》わないことにしました。

それから　少《すこ》しの間《あいだ》　きゅうけい時間《じかん》があって　そのあと合格《ごうかく》はっぴょうがありました。

ありさちゃんの番号《ばんごう》は　やっぱり　ありません。

（がっかり……。あんなに　れんしゅうしたのに……）

それでも　お母《かあ》さんは

「ざんねんだったけど　コンクールに出《で》ただけでも　えらいわ。よく　がんばったわね」と　ほめてくれました。

お父《とう》さんも

「そうだよ。よく　がんばったよ」と　言《い》ってくれました。

　でも　ありさちゃんは、（そうじゃないの……）って言《い》いたい気《き》もちで　いっぱいです。それなのに　あのことはお母《かあ》さんにだって　言《い》えません。だって　しんじてもらえっこありません。しかたなく　帰《かえ》ろうとして　せきをたちました。

　その時《とき》です。

　とつぜん　ホールの中《なか》がまっくらになりました。

（ていでんかな？）

　そう　思《おも》ったしゅんかん、なんと　ありさちゃんは　ステージの上《うえ》にたっていました。せきにいたはずの　お母《かあ》さんやほかの子《こ》たちは、どこかに　きえてしまっています。

そのとき　あのまほうのグランドピアノの　パッチリした目《め》が

ありさちゃんを　みつめて　こう言《い》いました。

「おわかれだね……」

ありさちゃんは　ムッとして言《い》いました。

「あなたのせいで　コンクールに　おちちゃったわ！」

「ふーん　それは　わるかった。だけど人間《にんげん》って　へんなことを気《き》にするんだね。本当《ほんとう》は　おちるも　おちないも　ないのにさ」

「えっ？　おちるも　おちないも　ないの？」

ありさちゃんは　聞《き》きかえしました。

「そうだよ。それは人間《にんげん》が　きめたことだからね。
ぼくには　かんけいない。そんなこと　どうだっていいんだ」
　まほうのグランドピアノは　さらりと言《い》いました。
「でもおちたら　やっぱりかなしいわ……」
「それなら　そのかなしい気《き》もちを　ピアノで　うたえば
いいじゃないか。音楽《おんがく》で　自分《じぶん》の気《き》もちをつたえるんだ」
　と　グランドピアノは　言《い》いました。
「おせっきょうは　やめてよ。わたし　もう帰《かえ》る！」
　ありさちゃんが　ぴしゃりと言《い》うと、まほうのグランドピアノは
ふかい　ためいきをつきました。

「ふぅ…。キミには目《め》のまえのことしか　見《み》えていないんだね」

　ありさちゃんは　まほうのグランドピアノに言《い》われて

おもわず　ホールぜんたいを　見《み》わたしました。

　すると　おどろいたことに、さっきまでたしかに　だれもいな

かったきゃくせきに　もとのとおり　みんながすわっています。

「おどろいたかい？」

「これって　もしかして……」

「そう　今見《いまみ》えているのは　さっき　キミがえんそうしていた時《とき》の
おきゃくさんの　ようすだよ」

そこにはうっとりしたような　やさしい目《め》ばかりがありました。

「みんな　わたしのピアノを　気《き》に入《い》ってくれていたんだわ…」

　ありさちゃんは　ポツリとつぶやきました。

　すると　まほうのグランドピアノは、少《すこ》ししんぱいそうな目《め》でありさちゃんに聞《き》きました。

「キミ　ぼくのこと　すきかい？」

「え？　それは…ピアノがすきかってこと？」

「うん…。ピアノをひいていて　たのしいかい……？」

　ありさちゃんは　ピアノを　ならいはじめたころのことを
思《おも》い出《だ》しました。

「う…ん。わからない……。気《き》がついたら　お母《かあ》さんに
つれられて、ピアノきょうしつに　かよってたの。
　はじめは　たのしかったような気《き》がするんだけど
どんどん　むずかしい曲《きょく》になっていって……。
　いつのまにか　たのしいかどうか　なんて
わすれちゃってた……」

それを聞《き》いて　まほうのグランドピアノは　言《い》いました。
「そうか…。でもぼくは　キミのことが　だいすきになったよ」

そして　てれくさそうに　言《い》いました。
「だってキミには　ぼくの声《こえ》が　とどいたんだもの。
いろんなことを　かんじようとする心《こころ》がなければ
ぼくの声《こえ》は　とどかないんだ。
　おしゃべりできて　ほんとうにうれしかったよ。
あんまり　うれしすぎて、キミのえんそうを
じゃましてしまったのは　しっぱいだったけど……」

ありさちゃんは　さっきまでムッとしていたけれど
なんだか　ほんわか　あったかい気《き》もちになってきました。
「キミ　まだ　名《な》まえおしえてもらって　なかったね」
「わたし　ありさっていう　名《な》まえなの」
「そうか　ありさちゃん　って言《い》うんだ。いい名《な》まえだね。
　また　あいにきてくれるよね！」
「……わからないわ。でも　きっと　来《く》ると思《おも》う……」

……「さようなら。ありさちゃん」
……「さようなら。まほうのグランドピアノさん」
ありさちゃんは　少《すこ》しだけむねが　キュン…としました。

つぎのしゅんかん
ありさちゃんは　おかあさんのそばにいました。
「あら　ありさ　どこへ　行《い》ってたの？」
「え？　あ……　ずっとここにいたけど……」
ありさちゃんは　お母《かあ》さんに　しんぱいをかけるといけないので
とっさに　なにもなかったようなかおをしました。
そして　とってもふしぎな気分《きぶん》で　会場《かいじょう》をあとにしました。

帰《かえ》りみち　ありさちゃんは　ごほうびに
チョコレートパフェを　ごちそうしてもらいました。

　コンクールにおちたのに　お父《とう》さんもお母《かあ》さんも
なぜか　にこにこしています。
（きょうはなんだか　ふしぎなことばかりおこるわ）
　ありさちゃんは　心《こころ》の中《なか》でつぶやきました。

　それから　おうちに帰《かえ》ってありさちゃんは、きょうあったことを
おうちのピアノに　そっと　お話《はなし》してみました。おうちのピアノは
なにも言《い》わずに　だまっているだけです。
　それでも　ありさちゃんは、あの　まほうのグランドピアノの
言《い》ったことを　『しんじてみよう』　と　思《おも》いました。

（ピアノにも　心《こころ》があって　きっと　わたしといっしょに
よろこんだり　かなしんだり　しているのね。
今《いま》までは　ひとりで　ピアノをひいていると思《おも》っていたけれど…
これからは　たのしみながら　えんそうしてみよう）

そして「きょうのコンクールは　ダメだったけど　またいっしょに　がんばろうね！」と　言《い》いながら　ピアノのかたを　ポンとたたきました。

そのとき　ありさちゃんは　ふたのしまったままの　ピアノから　『ポロロン……』

と　かすかな音《おと》が　聞《き》こえたような　気《き》がしたのでした。

著者プロフィール

作・森川 ひろ子（もりかわ ひろこ）

本名、森川浩子
1961年生まれ、埼玉県在住
地域での文庫活動の後、学習塾で軽度障害児への読書指導を経て、朗読アンサンブルれもんの会講師
一般社団法人日本医療福祉教育コミュニケーション協会発達障害コミュニケーション初級認定指導者
一般社団法人全国心理業連合会公認上級プロフェッショナル心理カウンセラー
2017年、株式会社フルールを設立
大宮ココロスペース『レモンの木』代表
ホームページアドレス：https://www.lemon-tree-omiya.com/

絵・おくだ えみこ

1960年生まれ。埼玉県在住。
都内デザイン専門学校を卒業。某地方局の放送準備室にて放送用素材などを制作。出産を機に退社。現在は、自宅にて書道教室＆ペーパークラフト教室を開いている。

ありさちゃんとまほうのグランドピアノ

2007年４月15日　初版第１刷発行
2018年４月20日　初版第２刷発行

作　森川 ひろ子
絵　おくだ えみこ
発行者　瓜谷 綱延
発行所　株式会社文芸社
〒160-0022　東京都新宿区新宿1－10－1
電話　03-5369-3060（代表）
03-5369-2299（販売）

印刷所　神谷印刷株式会社

ISBN978-4-286-02705-0